La Peineta Colorada

Fernando Picó

Ilustraciones de María Antonia Ordóñez

Ediciones Ekaré · Ediciones Huracán

En el barrio, el moreno Pedro Calderón pasaba por hombre rico. Cobraba ocho pesos por cada esclavo fugitivo que capturaba y entregaba al alcalde de Río Piedras. Ocho pesos era una bonita suma de dinero; con ella podía Calderón comprar una vaca o dos cuerdas de terreno o pagarle a algún trabajador por un mes de trabajo en su estancia.

¿Cómo tenía Calderón tanta suerte para haber cogido cuatro cimarrones en menos de dos años?

—Siquiera dejarle uno pa los demás —rezongaba Nepomuceno, el arriero—. Con uno solo que yo cogiera, podíamos celebrar como Dios manda la boda de mi hija.

—Pues mire usté —dijo la vieja Rosa Bultrón— ¿qué hubiese sido de nuestros abuelos con un Pedro Calderón en ese entonces? Acuérdese que los mayores llegaron a la isla en un botecito que se llenaba de agua, huyendo de una hacienda de ingleses en Antigua.

—Pero aquello era distinto, siña Rosa. Los mayores venían huyendo de los ingleses de otras islas. Pero estos cimarrones que se nos meten en el barrio, y detrás vienen los milicianos a rebuscar nuestras talas, son de aquí, están fuera de la ley.

—¿Y acaso aquel negro que Calderón halló durmiendo en el monte no estaba juido de la hacienda de un inglés de Loíza? ¿Cuál es la diferencia entonces?

—Pero es un inglés nuestro, siña Rosa. Es mister Oliri, que pagó las fiestas de San Patricio en marzo pasado.

La vieja Rosa Bultrón meneaba la cabeza:

—Inglés nuestro o inglés de ellos, el caso es el mismo. Eso de atrapar negros y entregarlos al alcalde, eso no es cosa de negros. Aunque roben huevos y guineos. Los negros deben estar con los negros, no en contra de ellos.

Pero Nepomuceno y los demás no estaban seguros. Pedro Calderón era un hombre rico, convidaba a tragos, daba un baile de cuando en cuando, prestaba el buey para arar. Para los jóvenes siempre tenía un chiste, y para las muchachas, un cuento y una guiñada. Eso era estar con los negros. Los otros, los cimarrones, que de tiempo en tiempo se presentaban pidiendo de comer y donde dormir, no eran de aquí. Era gente rara, algunos con rayas en la cara, hablando enredado, fugados de las haciendas de caña durante la zafra, más de uno con machete en mano.

Mientras barría el batey de su casa, Vitita se acercaba con disimulo al palo de mangó para oír a siña Rosa que conversaba con Nepomuceno y los hombres que regresaban desde Río Piedras con el saco de las compras al hombro.

Siña Rosa era la vecina más cercana. Era viuda y vivía sola. Tenía una cuerda de café, criaba gallos de pelea, era partera y curandera. De vez en cuando, subía al terreno del papá de Vitita a sentarse debajo del palo de mangó a mascar tabaco y a conversar con las amistades que pasaban por el camino vecinal.

Llegaban las mujeres trayendo agua de la quebrada en calabacines, descansaban un momento junto al palo de mangó y siña Rosa les hacía preguntas:

–Y el cura, ¿cuándo viene al barrio?

–Está muy viejo, el padre cura, pa venir al barrio. Dice que le lleven los enfermos.

–¿Y el doctor?

–El doctor no viene a ver a nadie por menos de diez pesos.

Conforme con esas noticias de la competencia, siña Rosa pasaba a otros temas. Vitita oía pero no hablaba. Así se había enterado de cuando nombraron al nuevo gobernador, de las viruelas bravas en un pueblo de la banda sur, de la boda rumbosa en Guaynabo a la que había ido medio barrio.

Mientras sus hermanos iban a pescar guábaras en la quebrada o a buscar guayabas al cercado o a trepar árboles en el monte vecino, ella tenía que rayar la yuca, barrer el batey y remendar los calzones de su padre. Su madre había muerto hacía dos años, cuando nació su hermanita más pequeña. La gente decía que su padre iba a casarse de nuevo, pero a ninguna buena moza casadera podía atraerle la idea de casarse con un viudo con cinco hijos y sólo una cuerda de terreno.

Vitita había salido sólo dos veces del barrio: una vez bajó al pueblo de Río Piedras para Semana Santa, cuando vivía todavía su mamá. Y otra vez para las fiestas patronales de la Virgen del Pilar. Sabía que hacia el norte estaban los cañaverales de las haciendas de Monacillos y hacia el sur se podía caminar hasta el Río Grande de Loíza. Pero más allá del pueblo de Río Piedras, el mundo era un rumor.

Una mañana de marzo, cuando faltaban todavía dos semanas para el Viernes Santo, el papá de Vitita se levantó temprano. Iba al pueblo a vender unos plátanos y unas yerbas medicinales. Hacía ya una media hora que había partido, cuando la gallina que estaba echada debajo de la casa salió alborotada de su nido. Vitita bajó enseguida, temiendo que fuera el perro de los Coto que tenía fama de huevero. Pero a quien encontró tratando de robar el nido de la gallina colorada fue a una mujer desconocida.

Se miraron fijamente, sin hablar. Vitita tenía miedo, pero la mujer temblaba. Era una negra retinta de unos veinte años; estaba desgreñada y vestida con una cota sucia y rasgada. Aunque el sol aún no calentaba, gotitas de sudor le cubrían la cara.

–¿Qué haces debajo de la casa? –preguntó Vitita.

La mujer, mirando a todos lados, salió afuera, pero no contestó. Tenía al cinto un viejo cuchillo de cocina.

–¿Quién eres?

La mujer no contestó. Salió corriendo y se perdió en el monte.

Esa tarde, aprovechando que siña Rosa estaba sola debajo del palo de mangó, Vitita le contó lo sucedido. Siña Rosa la dejó hablar sin interrumpirla. Cuando Vitita acabó de contar, siña Rosa escupió el pedazo de tabaco hilado que venía mascando, se limpió los labios con la mano, y la miró directo a los ojos:

–¿Tú le has dicho esto a tu pai?

–Todavía no ha vuelto del pueblo.

–Pues no se lo digas, porque los hombres son habladores y esto puede llegar a quien no conviene. Quién sabe si es la esclava bozal que se escapó ayer de una hacienda de Puerto Nuevo. ¿Te fijaste si tenía marcas de azote en la espalda? ¿Hablaba en cristiano?

Pero Vitita no sabía.

Entonces, siña Rosa le dijo que después de que todos se hubieran acostado a dormir, Vitita dejara un plátano asado y medio calabacín lleno de guarapo en la horqueta del palo de mangó.

–¿Y si pai pregunta?

–Dile que yo te lo mandé para el descanso del ánima sola.

Vitita hizo lo que le pidió siña Rosa. Los primeros dos días, nadie tocó el guarapo ni el plátano. Pero al tercer día, el calabacín amaneció vacío y del plátano no quedaban restos. De ahí en adelante, lo primero que hacía Vitita al levantarse era ir a mirar en la horqueta del palo de mangó. Una noche, dejó dos guineos maduros, y a la siguiente, una batata asada.

Y una noche, se le antojó dejar la peineta colorada que su madrina le había dado de aguinaldo el Día de Reyes.

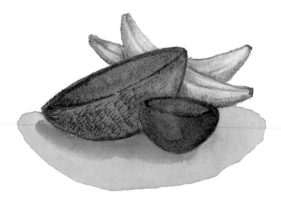

A la semana se presentó Pedro Calderón buscando al papá de Vitita.

–Buenos días, compadre. Dicen que por ahí anda una negra huida a quien busca la justicia. Dicen que le dio dos cuchilladas al mayordomo de una hacienda de Puerto Nuevo y luego escapó.

–Pues si por ahí anda, no sé decirle, compai, porque no he visto a nadie extraño por estos lugares.

–¿Le importa si velo esta noche trepado en su palo de mangó, compadre?

–Vele usted todo lo que quiera, compai, y Vitita le calentará un jengibre pa que no se entumezca.

Cuando Vitita supo que Pedro Calderón buscaba a la cimarrona y que iba a pasar la noche trepado en el palo de mangó, se le volcó el corazón. Le dijo a su padre que iba a pedirle a siña Rosa un poquito de jengibre para hacérselo al compadre y salió volando.

–¡Ay, siña Rosa! Que se la va a llevar amarrada, como a los otros.

–No te preocupes, niña –le dijo siña Rosa alcanzándole una mano de jengibre–. Para algo están los santos en el cielo. Vete y haz el jengibre.

Siña Rosa salió de su casa y se puso a recoger ramas secas en el monte. A eso de las siete de la noche prendió una gran fogata. Cuando estuvo ardiendo la leña, le añadió madera verde. Se levantó una humareda blanca y pesada que el viento de marzo llevó en dirección al palo de mangó. Pedro Calderón empezó a toser.

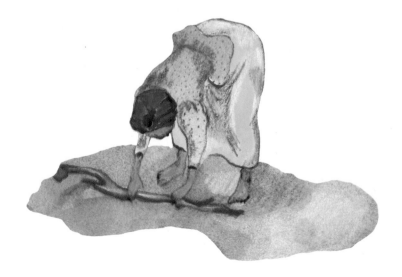

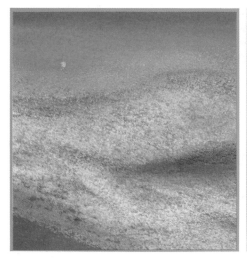

–¡Siña Rosa, siña Rosa, apague esa condená hoguera!

–¿Quién es, Dios mío? ¿Quién me habla? –preguntó siña Rosa mientras echaba más madera verde al fuego.

–Soy yo, Pedro Calderón –dijo medio ahogado Pedro Calderón.

–Jesús, ¿quién iba a decir que a un hombre hecho y derecho le iba a dar por dormir trepao en un palo de mangó? –dijo siña Rosa echando un último trozo de madera al fuego. –Qué susto me dio, compadre; creí que era un aparecido el que me hablaba.

–¡Apague esa hoguera! –gritó Pedro Calderón, todavía sin atinar a bajarse.

En eso, unas avispas que anidaban en el palo, incomodadas por el humo y por la gritería de Pedro Calderón, empezaron a picarlo. Pedro Calderón, tosiendo y rabiando de dolor por las picaduras, bajó como pudo del palo de mangó.

–Ay, compadre, ¿quién iba a saber que usted estaba haciéndole compañía a los múcaros? Venga acá pa ponerle una cataplasma en esas picaduras.

Al día siguiente apareció Pedro Calderón en la casa de Vitita con dos mastines.

–Compadre –le dijo al papá de Vitita– yo sé que la fugitiva tiene que estar por estos lados y que alguien tiene que estar dándole comida. Déjeme quedarme debajo de su casa con estos dos perros que me prestaron y cuando ellos ladren, yo los suelto pa que la acorralen.

–Está bien, compai, pero tómese al menos un cafecito. Vitita, sírvele un coquito al compai.

–Sí pai. Pero déjeme pedirle a siña Rosa un poquito de azúcar prieta, que se nos acabó.

Vitita salió corriendo a casa de siña Rosa a contarle de los dos perros de Pedro Calderón.

–Y ahora, ¿qué hacemos?

–La maldad siempre se cansa, mijita, y la Virgen vela por los suyos. Aquí tienes el azúcar.

Vitita regresó a su casa y siña Rosa se quedó pensando. En eso, pasó un muchachón con cara de aborrecido.

–¿Qué pasa, Antón? –preguntó siña Rosa.

–Pasa que iba a llevarle una música a mi novia, pero ahora las guitarras no quieren ir a menos que les pague dos reales.

–Pues yo te presto los dos reales hasta el día de Santa Rosa si me consigues una docena de bruquenas grandes en la quebrada.

En una hora Antón le trajo una docena y media de bruquenas grandes.

–Buen provecho con ese arroz con bruquenas, siña Rosa.

–Que el Espíritu Santo ilumine a esa muchacha –le contestó siña Rosa alcanzándole los dos reales.

Pedro Calderón estaba escondido debajo de la casa de Vitita. No había podido dormirse. Era una noche oscura, sin luna, y las nubes tapaban las estrellas. Los mastines estaban inquietos. Se escuchaban ruidos extraños en el monte y la lechuza había cantado tres veces. Pedro Calderón no era hombre de andarse asustando, pero recordó que de niño había oído decir que una desgracia había pasado por esos lugares y que el ánima sola los rondaba. En eso, vio una vela prendida andando por su cuenta por el batey.

–¡Jesú manífica!, si será el aparecío.

Los mastines gruñeron.

Detrás, otro cabo de vela.

Una araña negra le cayó en el brazo. Se la sacudió con desagrado y un frío le corrió por la espalda.

Los mastines ladraron cuando un tercer cabo de vela apareció. Pedro Calderón no se atrevió a soltarlos, no fuera cosa que el ánima sola los embrujara. Todavía un cuarto cabo de vela apareció y se oyó una voz infernal, ronca y cavernosa:

–¡Debajooo! ¡Debajo de la casa! ¡Debajooo!

En eso, el primer cabo de vela llegó hasta uno de los zocos de la casa. Pedro Calderón dio un alarido, salió corriendo y dejó a los perros amarrados.

A la mañana siguiente, Pedro Calderón vino a buscar a los perros para devolverlos a su dueño. Los dichosos animales se pasaron ladrando toda la noche y no habían dejado dormir a nadie en casa de Vitita. El papá lo recibió de mal talante y le sugirió que la próxima vez buscara a la cimarrona por otro lado.

Varias semanas pasaron y una tarde siña Rosa dijo a los vecinos que su hermana, la que vivía en Cangrejos, le había mandado a decir que le enviaba a su hija Carmela a pasar un tiempo al barrio para que se curara de un desengaño de amores.

–Es muy tímida y casi no habla, pero Dios todo lo puede y aquí se le pasará el embrujo.

A los dos días, siña Rosa presentó a su sobrina. Era una negra retinta de unos veinte años, de pómulos altos y ojos rasgados. Llevaba una blusa blanca recién planchada y en la cabeza tenía una flor prendida con una peineta roja.

Vitita se sonreía cada vez que miraba la peineta.

La noticia se corrió por el barrio de cómo Pedro Calderón le había salido huyendo a la bruquenas, pero nunca nadie le dijo nada en su cara. Sólo que quedó el dicho en el barrio: "Más rápido que Pedro Calderón juyéndole a las bruquenas".

Carmela vivió un tiempo en casa de siña Rosa, hasta que uno de los Villegas la enamoró. Tuvieron una familia alegre que llenaba el Minao de música de bomba para el tiempo de las fiestas de Santiago.

Y Vitita, ya de vieja, contaba a sus nietos los cuentos de siña Rosa Bultrón, pero ninguno les gustaba a ellos más que el cuento de la peineta colorada.

La peineta colorada se desarrolla en el barrio Caimito de Río Piedras, en Puerto Rico, a mediados del siglo pasado. La anécdota fue imaginada por Fernando Picó a partir de hechos y personajes que están cuidadosamente documentados en fuentes históricas. En el Archivo General de Puerto Rico, entre los oficios del alcalde de Río Piedras para los años 1842-1849, se encuentran dos referencias a Pedro Calderón, moreno del barrio Caimito, quien reclama y obtiene la suma establecida de ocho pesos por la captura de cada esclavo fugitivo que ha entregado a las autoridades. Entre los Protocolos Notariales, hay una cuenta de diez pesos que en 1853 el médico de Río Piedras le pasa al alcalde por haber ido a atender a un enfermo en el barrio. Luego, en el libro de documentos editado por Benjamín Nistal, **Esclavos, prófugos y cimarrones,** se encuentran expedientes sobre esclavos fugitivos y sobre las peripecias de su persecución y captura. Aparece también una circular que deplora la falta de cooperación de la gente en el área de Guaynabo con los que persiguen a cimarrones.

Por otra parte, el nombre de la familia Bultrón aparece en los primeros libros parroquiales de Río Piedras. Los Bultrón estuvieron entre los pobladores más antiguos del municipio de Cangrejos que se conozcan por nombre.

La peineta colorada ganó en 1987 el certamen de literatura infantil que convocó Ediciones Huracán de Puerto Rico con el fin de estimular la creación de obras literarias basadas en hechos históricos y destinadas a los niños. Es publicada por primera vez en coedición con Ediciones Ekaré de Venezuela.

GLOSARIO

Banda: costa

Batey: patio

Bozal: africano

Bruquenas: cangrejos de agua dulce

Calabacín: tapara, totuma

Cangrejos: antiguo municipio que hoy forma parte de San Juan

Cara de aborrecido: expresión de alguien que está fastidiado

Cimarrón: esclavo fugitivo

Coquito: vasija para beber hecha con la nuez del coco

Cota: camisón, bata

Cuerda: medida equivalente a 4.000 metros^2

Estancia: hacienda

Guábaras: camarones de agua dulce

Guarapo: jugo de caña de azúcar

Guineo: banano

Huevero: que le gustan los huevos

Jengibre: raíz aromática con la que se preparan infusiones

Minao: sector del barrio Caimito de Río Piedras

Múcaro: búho

Música de bomba: ritmo de origen africano

Palo de mangó: árbol de mango

Prieta: morena

Tabaco hilado: tabaco para mascar

Tala: siembra

Zafra: cosecha

Zocos: columnas de madera

Quinta impresión, 1997

Edición a cargo de Verónica Uribe y Elena Iribarren
Dirección de arte y diseño: Irene Savino
© 1991 Ediciones Huracán
Avda. González 1002. Santa Rita. Río Piedras. Puerto Rico
© 1991 Ediciones Ekaré
Av. Luis Roche, Altamira Sur. Caracas, Venezuela
Todos los derechos reservados
ISBN 980-257-174-1 (rústica)
Impreso en Caracas por *South China Printing Co.(1988) LTD*, 1997

La producción de este libro ha contado con el auspicio del
Committee on Literature for Women and Children
of Intermedia /National Council of Churches U.S.A.